其二

參差烟樹灞陵橋，風物盡前朝。衰楊古柳，幾經攀折，憔悴楚宮腰。

夕陽閑淡秋光老，離思滿蘅臯。一曲《陽關》，斷腸聲盡，獨自憑蘭橈。

其三

層波瀲灩遠山横，一笑一傾城。酒容紅嫩，歌喉清麗，百媚坐中生。

墻頭馬上初相見，不準擬、恁多情。昨夜杯闌，洞房深處，特地快逢迎。

其四

世間尤物意中人，輕細好腰身。香幃睡起，發妝酒釅，紅臉杏花春。

嬌多愛把齊紈扇，和笑掩朱唇。心性温柔，品流閑雅，不稱在風塵。

其五

淡黄衫子鬱金裙，長憶個人人。文談閑雅，歌喉清麗，舉措好精神。

當初爲倚深深寵，無個事、愛嬌瞋。想得別來，舊家模樣，只是翠蛾顰。

其六

鈴齋無訟宴游頻，羅綺簇簪紳。施朱傅粉，豐肌清骨，容態盡天真。 舞裀歌扇花光裏，翻回雪、駐行雲。綺席闌珊，鳳燈明滅，誰是意中人。

其七

簾垂深院冷蕭蕭，花外漏聲遥。青燈未滅，紅窗閑卧，魂夢去迢迢。 薄情漫有歸消息，鴛鴦被、半香消。試問伊家，阿誰心緒，禁得恁無憀。

其八

一生贏得是凄涼，追前事、暗心傷。好天良夜，深屏香被，爭忍便相忘。 王孫動是經年去，貪迷戀、有何長。萬種千般，把伊情分，顛倒儘猜量。

其九

日高花榭懶梳頭，無語倚妝樓。修眉斂黛，遥山横翠，相對結春愁。 王孫走馬長楸陌，貪迷戀、少年游。似恁疏狂，費人拘管，爭似不風流。

其十

佳人巧笑值千金，當日偶情深。幾回飲散，燈殘香暖，好事盡鴛衾。

如今萬水千山阻，魂杳杳、信沈沈。孤棹烟波，小樓風月，兩處一般心。

長相思

畫鼓喧街，蘭燈滿市，皎月初照嚴城。清都絳闕夜景，風傳銀箭，露靉金莖，巷陌縱横。過平康款轡，緩聽歌聲。鳳燭熒熒，那人家、未掩香屏。

向羅綺叢中，認得依稀舊日，雅態輕盈。嬌波艷冶，巧笑依然，有意相迎。墻頭馬上，漫遲留、難寫深誠。又豈知、名宦拘檢，年來減盡風情。

尾犯

晴烟羃羃。漸東郊芳草，染成輕碧。野塘風暖，游魚動觸，冰澌微坼。幾行斷雁，旋次第、歸霜磧。詠新詩，手撚江梅，故人贈我春色。

似此光陰催逼。念浮生，不滿百。雖照人軒冕，潤屋珠金，于身何益。一種勞心力。圖利禄，殆非長策。除是恁、點檢笙歌，訪尋羅綺消得。

木蘭花

心娘自小能歌舞。舉意動容皆濟楚。解教天上念奴羞，不怕掌中飛燕妒。

玲瓏綉扇花藏語。宛轉香裀雲襯步。王孫若擬贈千金，只在畫樓東畔住。

其二

佳娘捧板花鈿簇。唱出新聲群艷伏。金鵝扇掩調累累，文杏梁高塵簌簌。

鸞吟鳳嘯清相續。管裂弦焦争可逐。何當夜召入連昌，飛上九天歌一曲。

其三

蟲娘舉措皆温潤。每到婆娑偏恃俊。香檀敲緩玉纖遲，畫鼓聲催蓮步緊。

貪爲顧盼誇風韻。往往曲終情未盡。坐中年少暗消魂，争問青鸞家遠近。

其四

酥娘一搦腰肢裊。回雪縈塵皆盡妙。幾多狎客看無厭，一輩舞童功不到。　星眸顧拍精神峭。羅袖迎風身段小。而今長大懶婆娑，只要千金酬一笑。

駐馬聽

鳳枕鸞帷，二三載，如魚似水相知。良天好景，深憐多愛，無非盡意依隨。奈何伊，恣性靈、忒煞些兒。無事孜煎，萬回千度，怎忍分離。　而今漸行漸遠，漸覺雖悔難追。漫恁寄消息，終久奚爲。也擬重論繾綣，爭奈翻覆思維。縱再會，只恐恩情，難似當時。

訴衷情

一聲畫角日西曛，催促掩朱門。不堪更倚危闌，腸斷已消魂。　年漸晚，雁空頻，問無因。思心欲碎，愁淚難收，又是黃昏。

【中吕調】

戚氏

晚秋天。一霎微雨灑庭軒。檻菊蕭疏，井梧零亂惹殘烟。凄然。望鄉關。飛雲黯淡夕陽間。當時宋玉悲感，向此臨水與登山。遠道迢遞，行人凄楚，倦聽隴水潺湲。正蟬吟敗葉，蛩響衰草，相應喧喧。

孤館度日如年。風露漸變，悄悄至更闌。長天净，絳河清淺，皓月嬋娟。思綿綿。夜永對景，那堪屈指，暗想從前。未名未禄，綺陌紅樓，往往經歲遷延。

帝里風光好，當年少日，暮宴朝歡。况有狂朋怪侶，遇當歌、對酒競留連。别來迅景如梭，舊游似夢，烟水程何限。念名利、憔悴長縈絆。追往事、空慘愁顔。漏箭移、稍覺輕寒。聽嗚咽、畫角數聲殘。對閑窗畔，停燈向曉，抱影無眠。

輪臺子

一枕清宵好夢，可惜被、鄰鷄喚覺。怱怱策馬登途，滿目淡烟衰草。前驅風觸鳴珂，過霜林、漸覺驚栖鳥。冒征塵遠況，自古凄涼長安道。行行又歷孤村，楚天闊、望中未曉。　念勞生，惜芳年壯歲，離多歡少。嘆斷梗難停，暮雲漸杳。但黯黯魂消，寸腸憑誰表。恁馳驅、何時是了。又爭似、却返瑶京，重買千金笑。

引駕行

虹收殘雨。蟬嘶敗柳長堤暮。背都門、動消黯，西風片帆輕舉。愁睹。泛畫鷁翩翩，靈鼉隱隱下前浦。忍回首、佳人漸遠，想高城、隔烟樹。　幾許。秦樓永晝，謝閣連宵奇遇。算贈笑千金，酬歌百琲，盡成輕負。南顧。念吴邦越國，風烟蕭索在何處。獨自個、千山萬水，指天涯去。

望遠行

綉幃睡起，殘妝淺、無緒匀紅補翠。藻井凝塵，金階鋪蘚，寂寞鳳樓十二。風絮紛紛，烟蕪苒苒，永日畫闌，沈吟獨倚。望遠行，南陌春殘悄歸騎。

凝睇。消遣離愁無計。但暗擲、金釵買醉。對好景、空飲香醪，争奈轉添珠泪。待伊游冶歸來，故故解放翠羽，輕裙重繫。見纖腰圍小，信人憔悴。

彩雲歸

蘅皋向晚艤輕航。卸雲帆、水驛魚鄉。當暮天、霽色如晴晝，江練静、皎月飛光。那堪聽、遠村羌管，引離人斷腸。此際浪萍風梗，度歲茫茫。

堪傷。朝歡暮散，被多情、賦與凄涼。别來最苦，襟袖依約，尚有餘香。算得伊、鴛衾鳳枕，夜永争不思量。牽情處，惟有臨歧，一句難忘。

洞仙歌

佳景留心慣。況少年彼此，風情非淺。有笙歌巷陌，綺羅庭院。傾城巧笑如花面。恣雅態、明眸回美盼。同心綰。算國艷仙材，翻恨相逢晚。　　繾綣。洞房悄悄，綉被重重，夜永歡餘，共有海約山盟，記得翠雲偷翦。和鳴彩鳳于飛燕。間柳徑花陰携手遍。情眷戀。向其間、密約輕憐事何限。忍聚散。況已結深深願。願人間天上，暮雲朝雨長相見。

離別難

花謝水流倏忽，嗟年少光陰。有天然、蕙質蘭心。美韶容、何啻值千金。便因甚、翠弱紅衰，纏綿香體，都不勝任。算神仙、五色靈丹無驗，中路委瓶簪。　　人悄悄，夜沈沈。閉香閨、永弃鴛衾。想嬌魂媚魄非遠，縱洪都方士也難尋。最苦是、好景良天，尊前歌笑，空想遺音。望斷處，杳杳巫峰十二，千古暮雲深。

擊梧桐

香靨深深，姿姿媚媚，雅格奇容天與。自識伊來，便好看承，會得妖嬈心素。臨歧再約同歡，定是都把、平生相許。又恐恩情，易破難成，未免千般思慮。

近日書來，寒暄而已，苦没忉忉言語。便認得、聽人教當，擬把前言輕負。見説蘭臺宋玉，多才多藝善詞賦。試與問、朝朝暮暮，行雲何處去。

夜半樂

凍雲黯淡天氣，扁舟一葉，乘興離江渚。渡萬壑千岩，越溪深處。怒濤漸息，樵風乍起，更聞商旅相呼。片帆高舉。泛畫鷁、翩翩過南浦。

望中酒旆閃閃，一簇烟村，數行霜樹。殘日下，漁人鳴榔歸去。敗荷零落，衰楊掩映，岸邊兩兩三三，浣紗游女。避行客、含羞笑相語。

到此因念，綉閣輕拋，浪萍難駐。嘆後約丁寧竟何據。慘離懷，空恨歲晚歸期阻。凝泪眼、杳杳神京路。斷鴻聲遠長天暮。

祭天神

嘆笑筵歌席輕抛嚲。背孤城、幾舍烟村停畫舸。更深釣叟歸來，數點殘燈火。被連綿宿酒醺醺，愁無那。寂寞擁、重衾卧。　又聞得、行客扁舟過。篷窗近，蘭棹急，好夢還驚破。念平生、單栖踪迹，多感情懷，到此厭厭，向曉披衣坐。

過澗歇近

淮楚。曠望極，千里火雲燒空，盡日西郊無雨。厭行旅。數幅輕帆旋落，艤棹蒹葭浦。避畏景，兩兩舟人夜深語。　此際争可，便恁奔名競利去。九衢塵裹，衣冠冒炎暑。回首江鄉，月觀風亭，水邊石上，幸有散髮披襟處。

卷下

【中呂調】

安公子

長川波瀲灔，楚鄉淮岸迢遞。一霎烟汀雨過，芳草青如染。驅驅攜書劍。當此好天好景，自覺多愁多病，行役心情厭。　望處曠野沈沈，暮雲黯黯。行侵夜色，又是急槳投村店。認去程將近，舟子相呼，遥指漁燈一點。

菊花新

欲掩香幃論繾綣，先斂雙蛾愁夜短。催促少年郎，先去睡、鴛衾圖暖。　須臾放了殘針綫，脱羅裳、恣情無限。留取帳前燈，時時待、看伊嬌面。

過澗歇近

酒醒。夢才覺，小閣香炭成煤，洞户銀蟾移影。人寂静。夜永清寒，翠瓦霜凝。疏簾風動，漏聲隱隱，飄來轉愁聽。 怎向心緒，近日厭厭長似病。鳳樓咫尺，佳期杳無定。展轉無眠，粲枕冰冷。香虬烟斷，是誰與把重衾整。

輪臺子

霧斂澄江，烟消藍光碧。彤霞襯、遥天掩映，斷續半空殘月。孤村望處人寂寞，聞釣叟、甚處一聲羌笛。九疑山畔才雨過，斑竹作、血痕添色。感行客。翻思故國，恨因循阻隔，路久沈消息。 正老松枯柏情如織。聞野猿啼，愁聽得。見釣舟初出，芙蓉渡頭，鴛鴦灘側。干名利禄終無益。念歲歲間阻，迢迢紫陌。翠娥嬌艷，從别後經今，花開柳拆傷魂魄。利名牵役。又争忍、把光景抛擲。

【平調】

望漢月

明月明月明月，争奈乍圓還缺。恰如年少洞房人，暫歡會、依前離別。

小樓凭檻處，正是去年時節。千里清光又依舊，奈夜永、厭厭人絶。

歸去來

初過元宵三五，慵困春情緒。燈月闌珊嬉游處，游人盡、厭歡聚。

憑仗如花女，持杯謝、酒朋詩侶。餘酲更不禁香醑，歌筵罷、且歸去。

燕歸梁

織錦裁篇寫意深，字值千金。一回披玩一愁吟，腸成結、泪盈襟。

幽歡已散前期遠，無憀賴、是而今。密憑歸雁寄芳音，恐冷落、舊時心。

八六子

如花貌。當來便約，永結同心偕老。爲妙年、俊格聰明，凌厲多方憐愛，何期養成心性近，元來都不相表。漸作分飛計料。

稍覺因情難供，恁殛惱。爭克罷同歡笑。已是斷弦尤續，覆水難收，常向人前誦談，空遺時傳音耗。謾悔懊。此事何時壞了。

長壽樂

尤紅殢翠。近日來、陡把狂心牽繫。羅綺叢中，笙歌筵上，有個人人可意。解嚴妝巧笑，取次言談成嬌媚。知幾度、密約秦樓盡醉。仍携手，眷戀香衾繡被。

情漸美。算好把、夕雨朝雲相繼。便是仙禁春深，御爐香裊，臨軒親試。對天顏咫尺，定然魁甲登高第。待恁時、等著回來賀喜。好生地，剩與我兒利市。

【仙呂調】

望海潮

東南形勝，三吴都會，錢塘自古繁華。烟柳畫橋，風簾翠幕，參差十萬人家。雲樹繞堤沙。怒濤卷霜雪，天塹無涯。市列珠璣，户盈羅綺競豪奢。

重湖叠巘清嘉。有三秋桂子，十里荷花。羌管弄晴，菱歌泛夜，嬉嬉釣叟蓮娃。千騎擁高牙。乘醉聽簫鼓，吟賞烟霞。异日圖將好景，歸去鳳池誇。

如魚水

輕靄浮空，亂峰倒影，瀲灧十里銀塘。繞岸垂楊，紅樓朱閣相望。芰荷香，雙雙戲、鸂鶒鴛鴦。乍雨過、蘭芷汀洲，望中依約似瀟湘。

風淡淡，水茫茫，動一片晴光。畫舫相將，盈盈紅粉清商。紫薇郎，修禊飲、且樂仙鄉。更歸去，遍歷鑾坡鳳沼，此景也難忘。

其二

帝里疏散，數載酒縈花繫，九陌狂游。良景對珍筵惱，佳人自有風流。勸瓊甌，絳唇啓、歌發清幽。被舉措、藝足才高，在處别得艷姬留。

浮名利，擬拚休，是非莫挂心頭。富貴豈由人，時會高志須酬。莫閑愁，共緑蟻、紅粉相尤。向綉幄，醉倚芳姿睡，算除此外何求。

玉蝴蝶

望處雨收雲斷，憑闌悄悄，目送秋光。晚景蕭疏，堪動宋玉悲涼。水風輕、蘋花漸老，月露冷、梧葉飄黄。遣情傷。故人何在，烟水茫茫。

難忘。文期酒會，幾孤風月，屢變星霜。海闊山遥，未知何處是瀟湘。念雙燕、難憑遠信，指暮天、空識歸航。黯相望。斷鴻聲裏，立盡斜陽。

其二

漸覺芳郊明媚，夜來膏雨，一灑塵埃。滿目淺桃深杏，露染風裁。銀塘靜、魚鱗簟展，烟岫翠、龜甲屏開。殷晴雷。雲中鼓吹，游遍蓬萊。　徘徊。隼旟前後，三千珠履，十二金釵。雅俗熙熙，下車成宴盡春臺。好雍容、東山妓女，堪笑傲、北海尊罍。且追陪。鳳池歸去，那更重來。

其三

是處小街斜巷，爛游花館，連醉瑤卮。選得芳容端麗，冠絕吳姬。絳唇輕、笑歌盡雅，蓮步穩、舉措皆奇。出屏幃。倚風情態，約素腰肢。　當時。綺羅叢裏，知名雖久，識面何遲。見了千花萬柳，比并不如伊。未同歡、寸心暗許，欲話別、纖手重携。結前期。美人才子，合是相知。

其四

誤入平康小巷，畫檐深處，珠箔微褰。羅綺叢中，偶認舊識嬋娟。翠眉開、嬌横遠岫，緑鬢嚲、濃染春烟。憶情牽。粉墻曾恁，窺宋三年。

遷延。珊瑚筵上，親持犀管，旋疊香箋。要索新詞，殢人含笑立尊前。按新聲、珠喉漸穩，想舊意、波臉增妍。苦留連。鳳衾鴛枕，忍負良天。

其五

淡蕩素商行暮，遠空雨歇，平野烟收。滿目江山，堪助楚客冥搜。素光動、雲濤漲晚，紫翠冷、霜巘横秋。景清幽。渚蘭香謝，汀樹紅愁。

良儔。西風吹帽，東籬携酒，共結歡游。淺酌低吟，坐中俱是飲家流。對殘暉、登臨休嘆，賞令節、酩酊方酬。且相留。眼前尤物，盞裏忘憂。

滿江紅

暮雨初收，長川静、征帆夜落。臨島嶼、蓼烟疏淡，葦風蕭索。幾許漁人飛短艇，盡載燈火歸村落。遣行客、當此念回程，傷漂泊。　桐江好，烟漠漠。波似染，山如削。繞嚴陵灘畔，鷺飛魚躍。游宦區區成底事，平生况有雲泉約。歸去來、一曲仲宣吟，從軍樂。

其二

訪雨尋雲，無非是、奇容艷色。就中有、天真妖麗，自然標格。惡發姿顔歡喜面，細追想處皆堪惜。自別後、幽怨與閑愁，成堆積。　鱗鴻阻，無信息。夢魂斷，難尋覓。儘思量，休又怎生休得。誰恁多情憑向道，縱來相見且相憶。便不成、常遣似如今，輕拋擲。

其三

萬恨千愁，將年少、衷腸牽繫。殘夢斷、酒醒孤館，夜長無味。可惜許枕前多少意，到如今兩總無終始。獨自個、贏得不成眠，成憔悴。

添傷感，將何計。空只恁，厭厭地。無人處思量，幾度垂淚。不會得都來些子事，甚恁底死難拚弃。待到頭、終久問伊看，如何是。

其四

匹馬驅驅，摇征轡、溪邊谷畔。望斜日西照，漸沈山半。兩兩栖禽歸去急，對人相并聲相唤。似笑我、獨自向長途，離魂亂。

中心事，多傷感。人是宿，前村館。想鴛衾今夜，共他誰暖。惟有枕前相思淚，背燈彈了依前滿。怎忘得、香閣共伊時，嫌更短。

洞仙歌

乘興閑泛蘭舟，渺渺烟波東去。淑氣散幽香，滿蕙蘭汀渚。緑蕪平畹，和風輕暖，曲岸垂楊，隱隱隔、桃花圃。芳樹外，閃閃酒旗遥舉。

羈旅。漸入三吴風景，水村漁市，閑思更遠神京，抛擲幽會小歡何處。不堪獨倚危檣，凝情西望日邊，繁華地、歸程阻。空自嘆、當時言約無據。傷心最苦。佇立對、碧雲將暮。關河遠，怎奈向、此時情緒。

引駕行

紅塵紫陌，斜陽暮草長安道，是離人、斷魂處，迢迢匹馬西征。新晴。韶光明媚，輕烟淡薄和風暖，望花村、路隱映，摇鞭時過長亭。愁生。傷鳳城仙子，别來千里重行行。又記得臨岐，泪眼濕、蓮臉盈盈。

消凝。花朝月夕，最苦冷落銀屏。想媚容、耿耿無眠，屈指已算回程。相縈。空萬般思憶，争如歸去睹傾城。向綉幃、深處并枕，説如此牽情。

望遠行

長空降瑞，寒風翦，淅淅瑶花初下。亂飄僧舍，密灑歌樓，迤邐漸迷鴛瓦。好是漁人，披得一蓑歸去，江上晚來堪畫。滿長安，高却旗亭酒價。

幽雅。乘興最宜訪戴，泛小棹、越溪瀟灑。皓鶴奪鮮，白鷳失素，千里廣鋪寒野。須信幽蘭歌斷，彤雲收盡，別有瑶臺瓊樹。放一輪明月，交光清夜。

八聲甘州

對瀟瀟暮雨灑江天，一番洗清秋。漸霜風凄慘，關河冷落，殘照當樓。是處紅衰翠減，苒苒物華休。惟有長江水，無語東流。

不忍登高臨遠，望故鄉渺邈，歸思難收。嘆年來踪迹，何事苦淹留。想佳人、妝樓顒望，誤幾回、天際識歸舟。爭知我、倚闌干處，正恁凝愁。

臨江仙

夢覺小庭院，冷風淅淅，疏雨瀟瀟。綺窗外，秋聲敗葉狂飄。心搖。奈寒漏永，孤幃悄，泪燭空燒。無端處，是綉衾鴛枕，閑過清宵。

蕭條。牽情繫恨，争向年少偏饒。覺新來、憔悴舊日風標。魂消。念歡娱事，烟波阻、後約方遥。還經歲，問怎生禁得，如許無聊。

竹馬子

登孤壘荒凉，危亭曠望，静臨烟渚。對雌霓挂雨，雄風拂檻，微收煩暑。漸覺一葉驚秋，殘蟬噪晚，素商時序。覽景想前歡，指神京，非霧非烟深處。

向此成追感，新愁易積，故人難聚。憑高盡日凝佇，贏得消魂無語。極目霽靄霏微，暝鴉零亂，蕭索江城暮。南樓畫角，又送殘陽去。

小鎮西

意中有個人，芳顏二八。天然俏、自來奸黠。最奇絕，是笑時、媚靨深深，百態千嬌，再三偎著，再三香滑。　久離缺。夜來魂夢裏，尤花殢雪。分明似舊家時節。正歡悅，被鄰鷄喚起，一場寂寥，無眠向曉，空有半窗殘月。

小鎮西犯

水鄉初禁火，青春未老。芳菲滿、柳汀烟島，波際紅幃縹緲。儘杯盤小。歌祓禊，聲聲諧楚調。　路繚繞。野橋新市裏，花穠妓好。引游人、競來喧笑。酩酊誰家年少。信玉山倒。家何處，落日眠芳草。

迷神引

一葉扁舟輕帆卷，暫泊楚江南岸。孤城暮角，引胡笳怨。水茫茫，平沙雁、旋驚散。烟斂寒林簇，畫屏展。天際遥山小，黛眉淺。　舊賞輕抛，到此成游宦。覺客程勞，年光晚。异鄉風物，忍蕭索、當愁眼。帝城賒，秦樓阻，旅魂亂。芳草連空闊，殘照滿。佳人無消息，斷雲遠。

促拍滿路花

香靨融春雪，翠鬢嚲秋烟。楚腰纖細正笄年。鳳幃夜短，偏愛日高眠。起來貪顛耍，只恁殘却黛眉，不整花鈿。　有時携手閑坐，偎倚緑窗前。温柔情態儘人憐。畫堂春過，悄悄落花天。最是嬌痴處，尤殢檀郎，未敢拆了鞦韆。

六么令

淡烟殘照，搖曳溪光碧。溪邊淺桃深杏，迤邐染春色。昨夜扁舟泊處，枕底當灘磧。波聲漁笛。驚回好夢，夢裏欲歸歸不得。　展轉翻成無寐，因此傷行役。思念多媚多嬌，咫尺千山隔。都爲深情密愛，不忍輕離拆。好天良夕。鴛帷寂寞，算得也應暗相憶。

剔銀燈

何事春工用意，綉畫出、萬紅千翠。艷杏夭桃，垂楊芳草，各鬥雨膏烟膩。如斯佳致，早晚是、讀書天氣。　漸漸園林明媚。便好安排歡計。論籃買花，盈車載酒，百琲千金邀妓。何妨沈醉，有人伴、日高春睡。

紅窗聽

如削肌膚紅玉瑩。舉措有、許多端正。二年三歲同鴛寢，表温柔心性。

別後無非良夜永。如何向、名牽利役，歸期未定。算伊心裏，却冤人薄幸。

臨江仙

鳴珂碎撼都門曉，旌幢擁下天人。馬搖金轡破香塵。壺漿盈路，歡動帝城春。

揚州曾是追游地，酒臺花徑猶存。鳳簫依舊月中聞。荆王魂夢，應認嶺頭雲。

鳳歸雲

向深秋，雨餘爽氣肅西郊。陌上夜闌，襟袖起涼飆。天末殘星，流電未滅，閃閃隔林梢。又是曉鷄聲斷，陽烏光動，漸分山路迢迢。　驅驅行役，苒苒光陰，蠅頭利禄，蝸角功名，畢竟成何事，漫相高。拋擲雲泉，狎玩塵土，壯節等閑消。幸有五湖烟浪，一船風月，會須歸去老漁樵。

女冠子

淡烟飄薄。鶯花謝、清和院落，樹陰翠、密葉成幄。麥秋霽景，夏雲忽變，奇峰倚寥廓。波暖銀塘漲，新萍緑魚躍。想端憂多暇，陳王是日，嫩苔生閣。　正鑠石天高，流金晝永，楚榭光風轉蕙，披襟處、波翻翠幕。以文會友，沈李浮瓜忍輕諾。別館清閑，避炎蒸、豈須河朔。但尊前隨分，雅歌艷舞，盡成歡樂。

玉山枕

驟雨新霽，蕩原野、清如洗。斷霞散彩，殘陽倒影，天外雲峰，數朵相倚。露荷烟芰滿池塘，見次第、幾番紅翠。當是時、河朔飛觴，避炎蒸，想風流堪繼。

晚來高樹清風起。動簾幕，生秋氣。畫樓晝寂，蘭堂夜静，舞艷歌姝，漸任羅綺。訟閑時泰足風情，便争奈、雅歡都廢。省教成、幾闋清歌，盡新聲，好尊前重理。

減字木蘭花

花心柳眼，郎似游絲常惹絆。獨爲誰憐，綉綫金針不喜穿。

深房密宴，争向好天多聚散。绿鎖窗前，幾日春愁廢管弦。

木蘭花令

有個人人真堪羨，問著佯羞回却面。你若無意向他人，爲甚夢中頻相見。

不如聞早還却願，免使牽人虛魂亂。風流腸肚不堅牢，祇恐被伊牽惹斷。

甘州令

凍雲深，淑氣淺，寒欺緑野。輕雪伴、早梅飄謝。艷陽天，正明媚，却成瀟灑。玉人歌，畫樓酒，對此景、驟增高價。　賣花巷陌，放燈臺榭。好時節、怎生輕捨。賴和風，蕩霽靄，廓清良夜。玉塵鋪，桂華滿，素光裏、更堪游冶。

西施

苧羅妖艷世難偕，善媚悅君懷。後庭恃寵，盡使絕嫌猜。正恁朝歡暮宴，情未足，早江上兵來。　捧心調態軍前死，羅綺旋變塵埃。至今想，怨魂無主尚徘徊。夜夜姑蘇城外，當時月，但空照荒臺。

其二

柳街燈市好花多，盡讓美瓊娥。萬嬌千媚，的的在層波。取次梳妝，自有天然態，愛淺畫雙蛾。斷腸最是金閨客，空憐愛、奈伊何。洞房咫尺，無計枉朝珂。有意憐才，每遇行雲處，幸時恁相過。

其三

自從回步百花橋，便獨處清宵。鳳衾鴛枕，何事等閑抛。縱有餘香，也似郎恩愛，向日夜潛消。恐伊不信芳容改，將憔悴、寫霜綃。更憑錦字，字字說情憀。要識愁腸，但看丁香樹，漸結盡春梢。

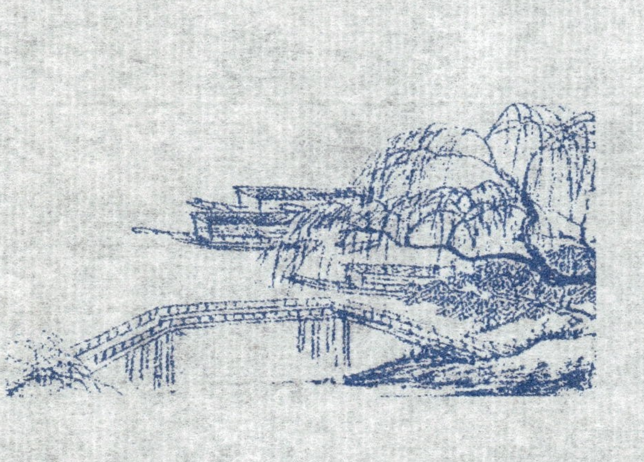

河傳

翠深紅淺，愁蛾黛蹙，嬌波刀翦。奇容妙伎，争逞舞裀歌扇。妝光生粉面。

坐中醉客風流慣。尊前見。特地驚狂眼。不似少年時節，千金争選。相逢何太晚。

其二

淮岸向晚，圓荷向背，芙蓉深淺。仙娥畫舸，露漬紅芳交亂。難分花與面。

采多漸覺輕船滿。呼歸伴。急槳烟村遠。隱隱棹歌，漸被蒹葭遮斷。曲終人不見。

淚，漸玻黃昏疏雨。曲終人不見。

漸覺雲帆滿。早歸休。急槳尋石壇。

何，露濕紅芳交亂。離分花與面。

雅岸向晚，圖畫向背，天涯深深。

其一

樂章集

其二

河傳

一六二

一六

時節，千金爭選。相逢何太晚。

光生翰面。坐中醉客風流慣。尊前見，特地驚狂眼。不似少年

容深紅透，[illegible]，今年追舊歡回。淚

河傳

[illegible]

郭郎兒近

帝里。閑居小曲深坊，庭院沈沈朱户閉。新霽。畏景天氣。薰風簾幕無人，永晝厭厭如度歲。　愁悴。枕簟微凉，睡久輾轉慵起。硯席塵生，新詩小闋，等閑都盡廢。這些兒、寂寞情懷，何事新來常恁地。

【南吕調】

透碧霄

月華邊，萬年芳樹起祥烟。帝居壯麗，皇家熙盛，寶運當千。端門清晝，觚稜照日，雙闕中天。太平時、朝野多歡。遍錦街香陌，鈞天歌吹，閬苑神仙。　昔觀光得意，狂游風景，再睹更精妍。傍柳陰，尋花徑，空恁嚲轡垂鞭。樂游雅戲，平康艷質，應也依然。仗何人、多謝嬋娟。道宦途踪迹，歌酒情懷，不似當年。

木蘭花慢

倚危樓佇立，乍蕭索、晚晴初。漸素景衰殘，風砧韻冷，霜樹紅疏。雲衢。見新雁過，奈佳人自別阻音書。空遣悲秋念遠，寸腸萬恨縈紆。

皇都。暗想歡游，成往事、動欷歔。念對酒當歌，低幃并枕，翻恁輕孤。歸途。縱凝望處，但斜陽暮靄滿平蕪。贏得無言悄悄，凭闌盡日踟躕。

其二

拆桐花爛漫，乍疏雨、洗清明。正艷杏燒林，緗桃綉野，芳景如屏。傾城。盡尋勝去，驟雕鞍紺幰出郊坰。風暖繁弦脆管，萬家競奏新聲。

盈盈。鬥草踏青。人艷冶、遞逢迎。向路傍往往，遺簪墮珥，珠翠縱橫。歡情。對佳麗地，任金罍罄竭玉山傾。拚却明朝永日，畫堂一枕春酲。

其三

古繁華茂苑，是當日、帝王州。咏人物鮮明，風土細膩，曾美詩流。尋幽。近香徑處，聚蓮娃釣叟簇汀洲。晴景吴波練静，萬家緑水朱樓。

凝旒。乃眷東南，思共理、命賢侯。繼夢得文章，樂天惠愛，布政優優。鰲頭。况虚位久，遇名都勝景阻淹留。贏得蘭堂醖酒，畫船携妓歡游。

臨江仙引

渡口向晚，乘瘦馬、陟平岡。西郊又送秋光。對暮山横翠，襯殘葉飄黄。憑高念遠，素景楚天，無處不凄凉。

香閨别來無信息，雲愁雨恨難忘。指帝城歸路，但烟水茫茫。凝情望斷泪眼，盡日獨立斜陽。

其二

上國去客，停飛蓋、促離筵。長安古道綿綿。見岸花啼露，對堤柳愁烟。物情人意，向此觸目，無處不凄然。

醉擁征驂猶佇立，盈盈泪眼相看。況綉幃人静，更山館春寒。今宵怎向漏永，頓成兩處孤眠。

其三

畫舸蕩槳，隨浪箭、隔岸虹。□荷占斷秋容。疑水仙游泳，向別浦相逢。鮫絲吐霧漸收，細腰無力轉嬌慵。

羅襪凌波成舊恨，有誰更賦驚鴻。想媚魂香信，算密鎖瑤宮。游人漫勞倦□，奈何不逐東風。

瑞鷓鴣

寶髻瑶簪。嚴妝巧，天然緑媚紅深。綺羅叢裏，獨逞謳吟。一曲陽春定價，何啻值千金。傾聽處，王孫帝子，鶴蓋成陰。　凝態掩霞襟。動象板聲聲，怨思難任。嘹亮處，迴壓弦管低沈。時恁回眸斂黛，空役五陵心。須信道，緣情寄意，别有知音。

其二

吴會風流。人烟好，高下水際山頭。瑶臺絳闕，依約蓬丘。萬井千閭富庶，雄壓十三州。觸處青蛾畫舸，紅粉朱樓。　方面委元侯。致訟簡時豐，繼日歡游。襦温袴暖，已扇民謳。旦暮鋒車命駕，重整濟川舟。當恁時，沙堤路穩，歸去難留。

憶帝京

薄衾小枕凉天氣，乍覺別離滋味。展轉數寒更，起了還重睡。畢竟不成眠，一夜長如歲。

也擬待、却回征轡，又爭奈、已成行計。萬種思量，多方開解，只恁寂寞厭厭地。繫我一生心，負你千行泪。

【般涉調】

塞孤

一聲鷄，又報殘更歇。秣馬巾車催發。草草主人燈下別。山路險，新霜滑。瑶珂響、起栖烏，金鐙冷、敲殘月。漸西風緊，襟袖淒冽。

遥指白玉京，望斷黄金闕。遠道何時行徹。算得佳人凝恨切。應念念，歸時節。相見了、執柔荑，幽會處、偎香雪。免鴛衾、兩恁虚設。

瑞鷓鴣

天將奇艷與寒梅。乍驚繁杏臘前開。暗想花神、巧作江南信，解染燕脂細剪裁。

壽陽妝罷無端飲，凌晨酒入香腮。恨聽烟隝深中，誰恁吹羌管、逐風來。絳雪紛紛落翠苔。

其二

全吴嘉會古風流。渭南往歲憶來游。西子方來、越相功成去，千里滄江一葉舟。

至今無限盈盈者，盡來拾翠芳洲。最是簇簇寒村，遥認南朝路、晚烟收。三兩人家古渡頭。

洞仙歌

嘉景，況少年彼此，争不雨沾雲惹。奈傅粉英俊，夢蘭品雅。金絲帳暖銀屏亞。并粲枕、輕偎輕倚，緑嬌紅姹。算一笑，百琲明珠非價。

閑暇。每祇向、洞房深處，痛憐極寵，似覺些子輕孤，早恁背人泪灑。從來嬌縱多猜訝。更對翦香雲，須要深心同寫。愛揾了雙眉，索人重畫。忍孤艷冶。斷不等閑輕捨。鴛衾下，願常恁、好天良夜。

安公子

遠岸收殘雨。雨殘稍覺江天暮。拾翠汀洲人寂静，立雙雙鷗鷺。望幾點、漁燈隱映蒹葭浦。停畫橈、兩兩舟人語。道去程今夜，遥指前村烟樹。

游宦成羈旅。短檣吟倚閑凝佇。萬水千山迷遠近，想鄉關何處。自別後、風亭月榭孤歡聚。剛斷腸、惹得離情苦。聽杜宇聲聲，勸人不如歸去。

其二

夢覺清宵半。悄然屈指聽銀箭。惟有床前殘泪燭，啼紅相伴。暗惹起、雲愁雨恨情何限。從卧來、展轉千餘遍。恁數重鴛被，怎向孤眠不暖。

堪恨還堪嘆。當初不合輕分散。及至厭厭獨自個，却眼穿腸斷。似恁地、深情密意如何拼。雖後約、的有于飛願。奈片時難過，怎得如今便見。

【大石調】

傾杯

金風淡蕩，漸秋光老、清宵永。小院新晴天氣，輕烟乍斂，皓月當軒練净。對千里寒光，念幽期阻、當殘景。早是多愁多病。那堪細把，舊約前歡重省。

最苦碧雲信斷，仙鄉路杳，歸鴻難倩。每高歌、强遣離懷，奈慘咽、翻成心耿耿。漏殘露冷。空贏得、悄悄無言，愁緒終難整。又是立盡，梧桐碎影。

長壽樂

繁紅嫩翠。艷陽景，妝點神州明媚。是處樓臺，朱門院落，弦管新聲騰沸。恣游人、無限馳驟，嬌馬車如水。竟尋芳選勝，歸來向晚，起通衢近遠，香塵細細。太平世，少年時，忍把韶光輕棄。況有紅妝，楚腰越艷，一笑千金何啻。向尊前、舞袖飄雪，歌響行雲止。願長繩、且把飛烏繫。任好從容痛飲，誰能惜醉。

【黃鐘羽】

【散水調】

傾杯

鶩落霜洲，雁横烟渚，分明畫出秋色。暮雨乍歇。小楫夜泊，宿葦村山驛。何人月下臨風處，起一聲羌笛。離愁萬緒，聞岸草、切切蛩音如織。

爲憶芳容别後，水遥山遠，何計憑鱗翼。想綉閣深沈，争知憔悴損，天涯行客。楚峽雲歸，高陽人散，寂寞狂踪迹。望京國，空目斷、遠峰凝碧。

【黄鍾宫】

鶴冲天

黄金榜上，偶失龍頭望。明代暫遺賢，如何向。未遂風雲便，争不恣狂蕩。何須論得喪。才子詞人，自是白衣卿相。

烟花巷陌，依約丹青屏障。幸有意中人，堪尋訪。且恁偎紅翠，風流事、平生暢。青春都一餉。忍把浮名，换了淺斟低唱。

續添曲子

【林鍾商】

木蘭花 杏花

翦裁用盡春工意。淺蘸朝霞千萬蕊。天然淡泞好精神，洗盡嚴妝方見媚。

風亭月榭閑相倚。紫玉枝梢紅蠟蒂。假饒花落未消愁，煮酒杯盤催結子。

其二 海棠

東風催露千嬌面。欲綻紅深開處淺。日高梳洗甚時忺，點滴燕脂勻未遍。

霏微雨罷殘陽院。洗出都城新錦段。美人纖手摘芳枝，插在釵頭和鳳顫。

其三　柳枝

黄金萬縷風牽細。寒食初頭春有味。殢烟尤雨索春饒，一日三眠誇得意。

章街隋岸歡游地。高拂樓臺低映水。楚王空待學風流，餓損宮腰終不似。

【散水調】

傾杯樂

樓鎖輕烟，水横斜照，遥山半隱愁碧。片帆岸遠，行客路杳，簇一天寒色。楚梅映雪數枝艷，報青春消息。年華夢促，音信斷、聲遠飛鴻南北。

算伊别來無緒，翠消紅減，雙帶長抛擲。但泪眼沈迷，看朱成碧，惹閑愁堆積。雨意雲情，酒心花態，孤負高陽客。夢難極。和夢也、多時間隔。

官[illegible]木[illegible]

樓[illegible]低映水，楚[illegible]十[illegible]空[illegible]凉[illegible]流，[illegible]

燈[illegible]。　章[illegible]岸[illegible]游地。高[illegible]

有[illegible]。[illegible]瀰[illegible]無[illegible]，十日[illegible]

黃金[illegible]風[illegible]。寒食[illegible]春

其二　柳枝

【擣水調】

廣[illegible]樂

[illegible]道[illegible]，木[illegible]斜照，遙山半隱愁碧。片帆岸遠，行客路杳，簇

一天寒色，[illegible]映三數枝[illegible]，青苔[illegible]。年年[illegible]，[illegible]信斷，[illegible]

飛[illegible]南北。　[illegible]何[illegible]來[illegible]，路[illegible]近[illegible]，[illegible]長[illegible]。[illegible]

去，香木[illegible]，[illegible]，[illegible]。[illegible]

東。[illegible]

【歇指調】

祭天神

憶繡衾相向輕輕語。屏山掩、紅蠟長明，金獸盛熏蘭炷。何期到此，酒態花情頓孤負。柔腸斷、還是黄昏，那更滿庭風雨。

聽空階和漏，碎聲鬥滴愁眉聚。算伊還共誰人，争知此冤苦。

念千里烟波，迢迢前約，舊歡慵省，一向無心緒。

【平調】

瑞鷓鴣

吹破殘烟入夜風。一軒明月上簾櫳。因驚路遠人還遠，縱得心同寢未同。

情脉脉，意忡忡。碧雲歸去認無踪。只應曾向前生裏，愛把鴛鴦兩處籠。

【中呂調】

歸去來

一夜狂風雨，花英墜、碎紅無數。垂楊漫結黃金縷，儘春殘、縈不住。　蝶飛蜂散知何處，殢尊酒、轉添愁緒。多情不慣相思苦，休惆悵、好歸去。

【中呂宮】

梁州令

夢覺窗紗曉，殘燈闇然空照。因思人事苦縈牽，離愁別恨，無限何時了。　憐深定是心腸小，往往成煩惱。一生惆悵情多少，月不長圓，春色易爲老。

【中呂調】

燕歸梁

輕躡羅鞋掩絳綃，傳音耗、苦相招。語聲猶顫不成嬌，乍得見、兩魂消。　忽忽草草難留戀，還歸去、又無聊。若諧雨夕與雲朝，得似個、有嚣嚣。

夜半樂

艷陽天氣，烟細風暖，芳郊澄朗閑凝佇。漸妝點亭臺，參差佳樹。舞腰困力，垂楊緑映，淺桃濃李夭夭，嫩紅無數。度綺燕、流鶯鬥雙語。　翠娥南陌簇簇，躡影紅陰，緩移嬌步。擡粉面韶容，花光相妒，絳綃袖舉。雲鬟風顫，半遮檀口含羞，背人偷顧。競鬥草、金釵笑爭賭。　對此嘉景，頓覺消凝，惹成愁緒。念解佩、輕盈在何處。忍良時、孤負少年等閑度。空望極、回首斜陽暮，嘆浪萍風梗知何去。

【越調】

清平樂

繁華錦爛，已恨歸期晚。翠減紅稀鶯似懶，特地柔腸欲斷。　不堪尊酒頻傾，惱人轉轉愁生。□□□□□，多情爭似無情。

【中呂調】

迷神引

紅板橋頭秋光暮，淡月映烟方煦。寒溪蘸碧，繞垂楊路。重分飛，携纖手，泪如雨。波急隋堤遠，片帆舉。倏忽年華改，向期阻。　時覺春殘，漸漸飄花絮。好夕良天長孤負。洞房閑掩，小屏空、無心覷。指歸雲，仙鄉杳、在何處。遥夜香衾暖，算誰與。知他深深約，記得否。

柳永詞輯佚

爪茉莉 秋夜

每到秋來，轉添甚況味。金風動、冷清清地。殘蟬噪晚，甚聒得、人心欲碎。更休道、宋玉多悲，石人也須下泪。 衾寒枕冷，夜迢迢、更無寐。深院静、月明風細。巴巴望曉，怎生捱、更迢遞。料我兒、只在枕頭根底，等人來、睡夢裏。

十二時 秋夜

晚晴初，淡烟籠月，風透蟾光如洗。覺翠帳、凉生秋思，漸入微寒天氣。敗葉敲窗，西風滿院，睡不成還起。更漏咽、滴破憂心，萬感并生，都在離人愁耳。 天怎知、當時一句，做得十分縈繫。夜永有時，分明枕上，覷着孜孜地。燭暗時酒醒，元來又是夢裏。 睡覺來、披衣獨坐，萬種無憀情意。怎得伊來，重諧雲雨，再整餘香被。祝告天發願，從今永無抛弃。

紅窗迴

小園東，花共柳，紅紫又一齊開了。引將蜂蝶燕和鶯，成陣價、忙忙走。

花心偏向蜂兒有，鶯共燕、喫他拖逗。蜂兒却入、花裏藏身，胡蝶兒、你且退後。

鳳凰閣

忽忽相見，懊惱恩情太薄。霎時雲雨人拋却。教我行思坐想，肌膚如削。恨只恨、相違舊約。

相思成病，那更瀟瀟雨落。斷腸人在闌干角。山遠水遠人遠，音信難托。這滋味、黄昏又惡。

西江月

師師生得艷冶，香香與我情多。安安那更久比和，四個打成一個。　幸有蒼皇未款，新詞寫處多磨。幾回扯了又重挼，奸字心中着我。

西江月

調笑師師最慣，香香暗地情多。冬冬與我煞脾和。獨自窩盤三個。　管字下邊無分，閉字加點如何。權將好字自停那。奸字中間着我。

如夢令

郊外緑陰千里，掩映紅裙十隊。惜別語方長，車馬催人速去。偷淚，偷淚。那得分身應你。

千秋歲

泰階平了，又見三臺耀。烽火靜，欃槍掃。朝堂耆碩輔，樽俎英雄表。福無艾，山河帶礪人難老。

渭水當年釣，晚應飛熊兆。同一呂，今偏早。烏紗頭未白，笑把金樽倒。人爭羨，二十四遍中書考。

西江月

腹内胎生异錦，筆端舌噴長江。縱教匹絹字難償，不屑與人稱量。

我不求人富貴，人須求我文章。風流才子占詞場，真是白衣卿相。

文華叢書

《文華叢書》是廣陵書社歷時多年精心打造的一套綫裝小型開本國學經典。選目均爲中國傳統文化之經典著作，如《唐詩三百首》《宋詞三百首》《古文觀止》《四書章句》《六祖壇經》《山海經》《天工開物》《歷代家訓》《納蘭詞》《紅樓夢詩詞聯賦》等，均爲家喻户曉、百讀不厭的名作。裝幀採用中國傳統的宣紙、綫裝形式，古色古香，樸素典雅，富有民族特色和文化品位。精選底本，精心編校，字體秀麗，版式疏朗，價格適中。經典名著與古典裝幀珠聯璧合，相得益彰，贏得了越來越多讀者的喜愛。現附列書目，以便讀者諸君選購。

文華叢書

書目

一

文華叢書書目

人間詞話（套色）（二册）
三字經・百家姓・千字文・弟子規（外二種）（二册）
三曹詩選（二册）
千家詩（二册）
小窗幽紀（二册）
山海經（插圖本）（三册）
元曲三百首（二册）
六祖壇經（二册）
天工開物（插圖本）（四册）
文心雕龍（二册）
片玉詞（二册）
世說新語（二册）
古文觀止（四册）
四書章句（大學、中庸、論語、孟子）（二册）
白居易詩選（二册）
老子・莊子（三册）
西厢記（插圖本）（二册）
宋詞三百首（二册）
宋詞三百首（套色、插圖本）（二册）
李白詩選（簡注）（二册）
李清照集・附朱淑真詞（二册）
杜甫詩選（簡注）（二册）
杜牧詩選（二册）
辛弃疾詞（二册）
呻吟語（四册）

文華叢書

書目

（*爲即將出版書目）

★爲保證購買順利，購買前可與本社發行部聯繫
電話：0514-85228088 郵箱：yzglss@163.com

文華叢書

書目

電話：[illegible]

★[illegible]

* 史記菁華錄（三冊）
* [illegible]（二冊）
* [illegible]（二冊）
* [illegible]（二冊）
* [illegible]（二冊）
* [illegible]（二冊）
* [illegible]（二冊）
* [illegible]（二冊）
* [illegible]（二冊）
* [illegible]（二冊）
* [illegible]（四冊）
* [illegible]（二冊）
* [illegible]（四冊）
* [illegible]（二冊）
* [illegible]（二冊）
* [illegible]・小山詞（二冊）
* [illegible]（二冊）
* [illegible]（二冊）
* [illegible]（二冊）
* [illegible]（二冊）
* [illegible]（二冊）

[illegible]（二冊）

[illegible]（二冊）

浮生六記（一冊）

[illegible]（二冊）

孫子兵法・孫臏兵法・三十六計（二冊）

唐詩三百首（[illegible]本）（二冊）

宋詞三百首（二冊）

[illegible]詩文選（二冊）

[illegible]（二冊）

[illegible]（二冊）

孟子（附孟子聖跡圖）（二冊）

近思錄（二冊）

[illegible]（[illegible]・插圖本）（二冊）

東坡詞（[illegible]）（二冊）

東坡志林（二冊）

園冶（二冊）

詩經（插圖本）（二冊）

詩品・詞品（二冊）

經典常談（二冊）

[illegible]（二冊）

[illegible]（二冊）

[illegible]（二冊）

[illegible]（二冊）

[illegible]（四冊）

[illegible]（二冊）

[illegible]（二冊）

[illegible]（二冊）

[illegible]（二冊）

[illegible]（二冊）

[illegible]（二冊）

二